Para mi madre, con amor—L. M.

Para Lenny, Lucy y Olivia en Australia
y Leonie en Nueva York, con amor—Mira

Diseño: Marilyn Musgrave y Armagh Cassil, SOMAR Graphics
Tipografía: Berna Alvarado-Rodríguez, Metro Type
Fotografía: Joe Samberg
Impreso en Hong Kong a través de Marwin Productions.

Children's Book Press/Libros para niños
es una editorial comunitaria no lucrativa.

Library of Congress Cataloging-in-Publication Data
Moroney, Lynn.
[Baby rattlesnake. Spanish]
Viborita de cascabel/cuento original de Te Ata; adaptación de Lynn Moroney; traducción al español
de Francisco X. Alarcón; ilustraciones de Mira Reisberg.   p.   cm.
Summary: Willful Baby Rattlesnake throws tantrums to get his rattle before he's ready, but he
misuses it and learns a lesson.   ISBN 0-89239-140-5 (pbk.)
1. Chickasaw Indians—Folklore. 2. Rattlesnakes—Folklore. 3. Indians of North America—
Southwestern States—Foklore. [Chickasaw Indians—Folklore. 2. Rattlesnakes—Folklore.
3. Indians of North America—Southwest, New—Folklore. 4. Folklore—Southwest, New.
5. Spanish language materials.]
I. Ata, Te. II. Alarcón, Francisco X., 1954- III. Reisberg, Mira, ill. IVC. Title.
[E99.C5504418 1996] 398.2'452796'08997073—dc20 —dcE —dc20 89-14832 CIP AC

Viborita de Cascabel

Cuento de TE ATA

Adaptación de LYNN MORONEY

Ilustraciones de MIRA REISBERG

Traducción al español de FRANCISCO X. ALARCÓN

Children's Book Press / Libros para niños
San Francisco, California

 **A**llá en el lugar donde las víboras de cascabel vivían, había una viborita bebé que lloraba todo el tiempo porque él no tenía cascabel.

El les dijo a su mamá y papá: —Yo no sé por qué no tengo cascabel. Estoy hecho como mi hermano y hermana. ¿Cómo puedo ser una víbora de cascabel si no tengo cascabel?

Mamá y Papá Víbora de Cascabel le dijeron: —Estás muy joven para tener cascabel. Cuando crezcas más y tengas la edad de tu hermano y tu hermana, entonces tú tendrás también un cascabel.

Pero Viborita de Cascabel no quería esperar. Así es que se puso a llorar y llorar. Sacudía su cola y cuando no oía que sonara un cascabel, lloraba aún más fuerte.

Su mamá y papá le dijeron: —¡Shhh! ¡Shhh! ¡Shhhhh!

Su hermano y hermana le dijeron:
—¡Shhh! ¡Shhh! ¡Shhhhh!

Pero Viborita de Cascabel no dejaba de llorar.
Así mantuvo despierta a la Gente Víbora
durante toda la noche.

A la siguiente manaña, la Gente Víbora se reunió en un gran concilio. Hablaron y hablaron como la gente lo hace, pero no se ponían de acuerdo en qué hacer para contentar a la viborita bebé porque éste no quería otra cosa que un cascabel.

Por fin uno de los ancianos habló: —Decídanse de una vez, denle un cascabel. Él es muy joven y se meterá en líos. Pero dejemos que él aprenda una lección. Lo que quiero es poder otra vez dormir.

Así es como le dieron su cascabel a Viborita de Cascabel.

iborita de Cascabel se enamoró de su cascabel. Sacudió su colita y por primera vez oyó: "¡Ch-Ch-Ch! ¡Ch-Ch-Ch!" ¡Estaba muy excitado!

Luego tocó una canción con su cascabel: "¡Ch-Ch-Ch! ¡Ch-Ch-Ch!"

Luego bailó una danza con su cascabel: "¡Ch-Ch-Ch! ¡Ch-Ch-Ch!"

ha ha

Pronto Viborita de Cascabel aprendió
a hacer trucos con su cascabel. Se
escondía entre las rocas y cuando
pasaban los animalitos, los sorprendía
haciendo sonar su cascabel:
"¡Ch-Ch-Ch! ¡Ch-Ch-Ch!"

Así hizo saltar al Conejo del Campo.
Así hizo saltar al Anciano Tortuga.
Así hizo saltar al Perro de la Pradera.

En cada ocasión, Viborita
de Cascabel se reía y se reía.
Pensaba que era divertido
asustar a la Gente Animal.

u mamá y papá le advirtieron a Viborita de Cascabel:

—No debes usar tu cascabel de esa manera.

Su hermano mayor y hermana mayor le dijeron: —Tú no eres cuidadoso con tu cascabel.

La Gente Víbora de Cascabel le dijo a Viborita de Cascabel que dejara de actuar de ese modo tan tonto con su cascabel.

Pero Viborita de Cascabel no escuchó.

**U**n día, Viborita de Cascabel les preguntó a su mamá y papá:

—¿Cómo puedo reconocer a una hija de un jefe si la veo?

—Bueno, por lo general, ella es muy hermosa y camina con la cara levantada —dijo su papá.

—Y lleva un vestido muy limpio y hermoso —añadió su mamá.

—¿Por qué quieres saber? —preguntó su papá.

—¡Porque quiero asustarla! —dijo Viborita de Cascabel. Y se fue por el camino antes que su mamá y papá le pudieran advertir que nunca hiciera una cosa así.

El pequeño llegó al lugar por donde pasaban los indios. Se enroscó en un tronco y comenzó a sonar su cascabel. "¡Ch-Ch-Ch!" Él se divertía mucho.

De pronto vio a una hermosa joven que venía hacia donde estaba él desde una gran distancia. La joven caminaba con la cara levantada y llevaba un vestido muy limpio y hermoso.

"¡Ajá!" pensó Viborita de Cascabel. "Ésta debe ser la hija del jefe".

**V**iborita de Cascabel se escondió entre las rocas. Estaba excitado. Éste iba ser su mejor truco.

Él esperó y esperó. La hija del jefe se acercaba más y más. Cuando estaba en el lugar apropiado, Viborita de Cascabel salió de repente de las rocas.

"¡Ch-Ch-Ch-Ch-Ch!"

o! —gritó la hija del jefe. La joven giró, pisó el cascabel de Viborita de Cascabel, haciéndolo trizas.

**V**iborita de Cascabel miró su hermoso cascabel hecho pedazos esparcidos por todo el camino. No sabía qué hacer.

Tan pronto como pudo, se regresó a casa.

**C**on grandes lloridos, les dijo a su mamá y papá lo que había pasado. Ellos le secaron las lágrimas y le dieron grandes abrazos de víboras.

Durante el resto del día, Viborita de Cascabel se quedó seguro y muy cómodo, cerca de su familia de víboras de cascabel.

VIBORITA DE CASCABEL

Te Ata era una indígena chickasaw que nació en 1895 en Oklahoma cuando éste era territorio indio. Era una cuentista de la tradición oral internacionalmente reconocida que se presentó ante diferentes públicos de EE.UU. y Europa por más de 65 años. *Víborita de Cascabel* (*Baby Rattlesnake*), un cuento que enseña lo que sucede cuando alguien obtiene algo antes de estar preparado para recibirlo, es uno de sus cuentos más queridos.

Lynn Moroney, una cuentista de Oklahoma que es parte indígena, había admirado a Te Ata durante años antes de pedirle permiso para recontar el cuento de *Viborita de Cascabel*. Al principio la respuesta fue negativa, pero cuando Te Ata fue a un festival de cuentos orales organizado por Lynn y la oyó contar sus propios cuentos, Te Ata quedó tan impresionada que le dio su permiso a Lynn para que contara este cuento y lo pasara otros a través de un libro.

La artista Mira Reisberg se enamoró de este cuento de Viborita de Cascabel el momento en que lo oyó. "Me puedo identificar con ese simpático chico", dice ella, "y la mejor parte es que a él lo perdonan con grandes abrazos de víbora". En este libro la artista usó papel recortado y pintura a la aguada. Mira nació en Australia y ha vivido en el Suroeste de los Estados Unidos, donde toma lugar *Viborita de Cascabel*. Ahora ella vive en San Francisco donde ilustró el libro *Uncle Nacho's Hat / El sombrero del Tío Nacho*, también publicado por Children's Book Press.

Un agradecimiento especial va al cuentista oral Gay Ducey del Área de la Bahía de San Francisco, quien trajo el manuscrito original de Lynn a la editorial Children's Book Press y quien apoyó este proyecto hasta que se hizo realidad. Muchas gracias a Glenn Hirsch, Helen Vosters, Ann Boulanger, Cynthia Lane, Maggie Crystal y David Schecter por toda su ayuda llena de inspiración.

La traducción al español es de Francisco X. Alarcón, reconocido poeta chicano autor de diez libros de poesía, entre ellos, *Laughing Tomatoes and Other Spring Poems / Jitomates risueños y otros poemas de primavera*, publicado también por esta editorial. Actualmente es profesor de español en la Universidad de California, Davis.

Children's Book Press publica literatura infantil de distintas regiones del globo, presentando cuentos tanto tradicionales como contemporáneos de grupos culturales minoritarios y de nuevos inmigrantes en Norteamérica. Escríbanos para recibir un catálogo gratis.